어느날 꿈에

어느날 꿈에

최 민 시 집

창비

차 례

푸념

　내가 네 마음을 사려고 애쓰는 것은 네 두 볼 입술 눈초리가 이뻐서만이 아니라 내 속이 텅 비었기 때문이겠지만 그저 이 공허함만으로 높은 가지 위에 까치집 같은 사랑을 짓겠다는 것이 터무니없음을 나는 알고 있으니 내가 무슨 짓을 하든 네가 거들떠보지 않아도 나는 너를 원망하지 않아 마구 술 처먹고 미친 척 지랄하다 사람들 보는 가운데 정신을 잃고 뻗으면 또 어떤가 내가 네게 굳이 변명하고 싶은 건 마음이란 본래 없는 것인데 때때로 연애하는 척 어쩌다 질투하거나 또는 그리워하거나 변덕을 부린들 무슨 차이가 있을까

방에 들어서면 두렵다

내 방에 들어서면 두렵다
몇날 며칠
불면이 두렵고
둥그런 천장이 두렵고 사방 벽지가 두렵다
생각하기가 싫어
방에
갇히는 것이 다시 두렵다
드러누워
방 밖에서 이른바
역사가 소리치고 지나가는 걸 듣기도
민망하다

믿지 않는다
나를 믿지 않는다
살아 있다고 생각 안한다
남들이 살아 있다고도 생각 안한다
죽어 있다는 말이 아니라

산송장이라는 말이 아니라
죽고 사는 게 뭔지 모르니까
믿고 자시고 없다

천국에는 각 방이 있을까
무서워하지 않고
긴 복도로 나가
하느님 방을 찾아 나서면 재밌겠지
천국에는
써비스 끝내주는
특실 같은 것이 있을까
기다려진다

방에 들어서면 두렵다

현기증

사는 동네가 사는 동네 같지 않다
사는 나라가 사는 나라 같지 않다
사는 시대가 사는 시대 같지 않다

실없는 말 같지만
낯선 것은 우선 어지럽다
한낮
새로 들어선 LG주유소 앞
횡단보도를 건너면서 유난스런
새 법률사무소를 보고
문득 생각한다

사는 일에 너무 익숙해져
바보가 된 건 아닐까
사는 법도 조금씩 새로 배울 수 있을까
만약 눈알이 여섯 개 있어
위아래 사방을 동시에

하늘도 보고 빌딩도 보고 구름도 보고
한꺼번에 땅바닥까지 본다면
그대로 서서 자전(自轉)하겠지

즉 돌아버릴 거라는 말
또라이
자유가 자유가 아니고
세상이 세상이 아니고
네가 네가 아니고
내가 내가 아니고

별안간

새벽은 거적에 싸여
피를 흘리고
승리한 말뼉다귀는 춤춘다

해 뜨는 광장에서
깡패들은 비장하다
두목이 나서서 외친다
아가리를 벌려라
이제 몽둥이를 처넣어줄 테니
소리를 질러라

캄캄한 대낮
천년 바위 같은 침묵의 艱難
없는 자는 밀고하고
있는 자는 히히덕거린다

기적이 일어난다

별안간
온 세상이 조용하다 별천지
산지사방이 환하다

신원미상

늘 내가 잠자는 곳
유배된 나라
대양 멀리 저 바깥으로
떠도는
점
티끌

건너편엔 유혹이 있다
죽은 기억들이
산 기억을
잡아먹는 자리
갈라지는 욕망
꿈

깨어나면
몰지각
파렴치한 몸뚱이 하나

다시 축 늘어져 있다
두 팔
두 다리
털
자지

두근대는
염통
뜨뜻한 오줌통
내가 살아 있다는 증거
나
글쎄

어느날 꿈에

웬 낙하산부대가 오밤중
열지어 탱크로 진입하다
게임 끝
온 백성 큰길에 나와 춤추고 울부짖다
만국기 휘날리던 날

내가 태어난 깡패의 나라에서는
깡패를 존경해야 한다
깡패는 분명하다
깡패는 단호하다
깡패는 애국한다
깡패는 지조가 있다

그러나 내가 좋아하는 건 모두
흐리멍덩한 것들뿐
탁한 물 속의 빛
신기루 또는 한낮의 안개

곤혹
빚진 자의 양심 따위
이를테면
나의 도덕감이
싹쓸이로
무시하고 싶어하는 모든 것들
진창 또는
창녀의 사랑 같은 것

어느날 꿈에
나는
사자들이 떼지어
길을 건너가는 걸 보았다

이민

국경과 국경의 틈바구니에
경계와 경계의 틈바구니에서
병신과 병신들 사이에 꼿꼿이 서서

영웅과 영웅의 사이를 헤집고 서서
그 잘난 민족의 한 아들로 태어나
나는 얼마나 똑똑하냐

들리는 말로는 세상이 새벽처럼 환히
밝다더라 들려오는 말로는
세상은 어디나 무덤 속처럼 깜깜하다더니

지평선까지 번지는 역사의 고름
과거라는 몹쓸 병
미래라는 환각제

시체와 시체의 틈바구니에 끼여

여권을 들고
바보는 웃고
국경과 국경의 틈바구니에 서서

우울

검은 회사와 검은 사회 사이
불온한 저녁과 불안한 저녁 사이
그림자 하늘
그림자의 악취

이건 사람 사는 게 아니다
협박받아 내다 파는 목숨
공갈로 떠넘기는 죽음
여긴 사는 곳이 아니다

벼락 맞은 짐승, 불어터진
배때기, 뒤집힌 교각
높은 감옥 위
휘황한 네온십자가들

시체의 절규
환멸

시꺼먼 자궁 속 빨간 인형들
춤추는 아이들

도망자

새 여자를 만날 때마다
색다른 풍경을 본다
불타 연기 오르는 구름들
죽어버린 도시
날개

길을 떠나
여관과 호텔을 바꿀 때마다
온 거리가 폭삭 꺼지거나
해일처럼
솟구치는 것을 본다

어디에도 속해 있지 않다
그는 어디에도 없다

고향 찾는 것들
족보 만드는 것들

땅에 금 긋고 말뚝 박는 것들
패거리 치는 것들
동류동족을
그는 저주한다

낯선 곳에 들어설 때마다
바로 눈앞에
그보다 먼저 와 있는
재앙을 보고
우선
도망칠 궁리부터 한다

어떤 날

거대한 우주선 군단이
하늘을 낮게 지나가듯
구름떼가 일제히 이동하다
대책 없는 사물들 죄다
비명 지르고 빛을 잃다

네 말처럼
이 세상은 죄가 없다
천둥벌거숭이 하나
두 팔 벌리고
사방 뛰어다닌다

變容

고개 돌릴 수 없다
백미러 속에
뇌가 없는 얼굴처럼
죽음이 뒷좌석에 앉아
두 눈을 뜨고

占卦

온갖 작은 새들의 반란

횡재

늪

솟을대문

간판

찌그러진곳
펴드립니다
깨진인생도
땜방합니다
반드르하게
구김살없이

찌그러진꿈
펴드립니다

至福天國

뭐가 바닥으로 가라앉는지
길 끝에서 누가 기다리는지
아무도 모른다
출구 입구 팻말도 없다

깜깜한 방 갑자기
귀머거리들 죄다 듣다
벙어리 모두 지껄이다
원수끼리 난데없이 만나 곧장
러브호텔로 가다

온갖 걸레들 다 뛰쳐나와
춤추고 노래하고 아우성치다
사지사방 온통 축복 나려
언덕을 올라가도 또 난리
비탈을 내려가도 또 난리

만백성 소리지르며 환호하다
이 골짜기가 너무 살기 좋아
부처고 예수고 아무나
붙잡고 키스하고 빨고 싶네
늘 저 하늘에 감사하며

무지개

시커먼 다리 너머
어떤 빛깔일지라도
원리가 꼭 있어야만 숨쉬는 족속들이 있다
폭포

언어의 벽

이 이류국가의 공터에 서서 철책 너머로 멀리
날아가는 공을 보다

대화

사람은 원한으로 살지 않는가
아니에요, 사람은 희망으로 살아요

사랑은 희망인가 원한인가
그 사이에 어쩌지도 못하는 절망인가

그대 볼이 일그러지고
그대 턱으로 눈물방울이 굴러 떨어지고
나는 일어나
마구 소리지르고 싶어질 때

그래요, 사람은 습관으로 살아요
사랑도 한낱
못된 습관인 걸

붉은 약속

파란색의 넓이가
동그라미로 차츰 퍼져가는 것처럼
붉은색의 정의는 우선 사각형이다
깊이 파고들수록 작아지는
사각형들
예를 들면

촘촘하게 안쪽으로 겹치면서
점점 날카로워지는
사각형 빨간 꽃잎들이 있다
만약 네가 실수로
한마디 붉은 약속을 네 여자에게 한다면 그건
꽃 모양 전체 그 정교한 순서를

깨트리는 일이다
그렇다고
사각형들이 다 쓰러지지는 않는다

빈말이라 하더라도

붉은색은 원래

사각형이기 때문에

빤한 법칙

측은함이 점점
큰 파문으로 퍼져가는 것과 반대로
사랑의 핵심은 우선 인색함이다
파면 팔수록 좁아지는
어두운 우물
예를 들어

불안하게 안으로 숨으면서
다급해지는
자존심의 푸른 촉수들이 있다
만약 네가 무심하게
그 한마디 비밀을 밖으로 흘린다면 그건
사랑의 법 그 끔찍한 명령을

위반하는 것이다
그렇다고
잠 깬 욕망을 다시 누를 수는 없다

허망한 일이지만
사랑은 원래
폭동이기 때문에

天刑

인간이 어쩔 수 없이
외톨이라는 사실
처참한 확인
설상가상
끔찍한 건 가난이다
방약무인 날뛰던 놈도 늙고
돈 떨어지면

칭얼대게 마련
노인 속의 철부지가 다시 울부짖고 싶다
갑자기 외로움이
치매처럼 온몸을 덮치더라도
그저 견딜 수밖에 없는 법
이 뻔한 진실

그렇다 진실은 모두 싸구려
외설에다 야비하고 통속적이니

눈물 없이 못 봐준다
예배당만큼 천박하고 또 천박하니
인생은 껍데기일 뿐
아무 깊이가 없으니까

시인

배부르고 등 따뜻하면 시인이 될 수 없다. 천상병을 생각하며 떠오른 말이다. 내가 그렇다. 어정쩡하게 그냥 어정쩡하게 하루하루 보내면서 정말 시를 쓸 수 없을까 가끔 공상해보지만 역시 힘들다. 혹시 무턱대고 말을 조합하면, 떡 주무르듯 단어들을 주무르는 척 써재끼면, 시가 될 수 있을까. 그래, 아무 소리나 넋두리하듯 뱉어도 시가 될 수 있지, 포스트모던한, 쿨한 시, 또는 반에 반 시 등등 세상에 같잖지도 않게, 잘난 척하며.

다 끝난 들판에
판결문처럼 내려앉은
까마귀가
천상병이다.

이렇게 쓰고 보니 또 어디선가 베껴온 것 같아.

이 아침

낯선 종점에서 누가 깨운다
에스컬레이터로 밖에 나오자
처음 본 외곽도시가
악몽처럼 곤두서 있다

혹시 외계인들 침공할까봐
일렬로 줄서 있는 아파트군단
그 앞에 아침 햇살을 가로막는 돌 예배당
문득 그대에게 전화하지만

그대는 벌써 나가고 없다
아 사랑이고 조국이고 나발이고 없다
내 눈앞에 벌어진
저 끔찍한 기적 앞엔

넋

소리 없이 떠난다

나뭇가지 사이로
얼핏 노을이 스쳤지만
보지 않는다

비켜줘 지금
너 따위와 수작하긴 싫어
어두워
누울 곳을 찾지만
저기
마음이 없다 몸이 없다

내력 없는 빈 못
어느날
섬광처럼 바로 그 위에
무언가

잠깐
머물렀다

사방으로 퍼진다

그리고 꿈에

그리고 꿈에 보았네
길섶 구석진 밭
이랑 속에
감실거리는 안개를

아득한 길을 그냥 가다가
문득
미친 두 눈을 들어
먼 산

아주 더 멀리 어두컴컴한 산
등성이 위
희미한
나뭇가지의 반짝임

그리고 꿈이 깨어 사라진 날
벌판의 한 끝에

그림자도 없이
서서 우는 사내를 보았네

폭포

작은 폭포가 올라간다
작은 폭포가 올라간다
좁은 벼랑을 비집고
작은 폭포가 올라간다

한사코 붙잡고 말려도
기를 쓰고 올라간다
절벽 위 해를 잡으러
밑도 안 보고 올라간다

야윈 나뭇가지를 잡고
성난 폭포가 올라간다
꺾여 기절할 때까지
죽기 살기로 올라간다

작은 폭포가 올라간다
작은 폭포가 올라간다

겹겹이 접힌 병풍 속
폭포 하나 솟구쳐오르다

사건

생화인지 조화인지
구별할 수 없다 울긋불긋
색깔만 있지
냄새도 바람도 없는 꽃동네
온 거리가 흔들리며
갑자기 온실들이

산산조각 나
위아래 사방
크고 작은 지붕들이 날아가고
공중에 새카만 꽃잎
줄기
넝쿨
부서진 십자가
걸레조각들이 날아다니고
이 골목 저 골목
분주하게

천치바보가
뛰어다닌다

땅 밑의 어마어마한 기계가
흘레 붙듯
대기(大氣)를
꽉 껴안았기 때문에

이런 생각

아래서 위로 하늘이 갑자기
절벽처럼 곤두서고
그 중간에서 튀어나와 발기한
굴뚝 끝에
까만 깃발이 펄럭인다

웃고 있는 묘한 새처럼

전쟁이 앳된 혁명을 겁탈해
못난 이념을 낳고
해골이 찌그러진 사상은
아랫배가 답답해
사창가를 기웃거린다

볼기짝 양쪽은 닮아서 서로 부끄럽다

새빨간 스카프를 칭칭

목에 두른 정신이
허공에 대고 꽥꽥거리다가
노란 잉크를 거푸 토한다
또 실수

옛날부터 개똥철학이 있었다

수다

    내가 계속 그대와 만나려고 하는 건 그저 자고 싶어서
만은 아닌 것을 그대도 알지만 나는 여전히 그대와 자고
싶은 이유가 가장 큰 것이라고 믿기 때문에 그대로 말할
수는 없어서 그대에게 거짓말을 하게 되고 그대는 내 거
짓말을 알면서도 그것을 진실인 척 받아들이는 척 눈 감
았다 떴다 숨바꼭질을 벌이다가 지쳐 솔직해지고 싶은
마음이 들지만 솔직하게 할 다른 이야기가 없을 것 같아
서 그렇다고 그냥 자자고 하기도 멋쩍고 해서 또 거짓말
을 하게 되고 이렇게 거짓말의 가지가 자라고 또 자라 사
슴뿔처럼 모양을 다 갖춘 다음 그대와 내가 사랑을 이렇
게 계속 거짓말로 공모해가는 것은 그대와 나의 사랑이
분명 사슴뿔만큼 커다란 이유가 있기 때문이라고 믿고
싶은데 그래도 우선 자고 싶다는 생각이 사랑을 방해해
서 자는 것과 사랑이 같은 것이라고 꿰맞춰보려고 하지
만 잘 되지 않아 역시 사랑은 사랑인가보다 하고 체념했
다가 막무가내로 같이 자고 피나도록 할퀴고 헤어졌다
다시 만나 무슨 말을 건네려 해도 민망하여 그대를 만나

자거나 자지 않거나 그건 별 차이가 없다고 다짐하며 그런 저런 이야기를 길게 나누고 싶으나 그때마다 그대는 만나주지 않고 나는 나대로 사정이 생겨 이런 사랑은 안 하느니만 못하다는 생각까지 하게 되고 결국 사랑이 이런 식으로 완성되는 것인가 어처구니없게 여기며 그대에게 이제 그만 헤어지자는 말을 하려고 만났다가 그 말을 하지 못해 그대와 나의 사랑이 다시 이어져 내가 계속 그대와 만나려고 하는 건 그저 자고 싶어서만은 아닌 것을 그대도 알지만 나는 여전히 그대와 자고 싶은 이유가 가장 큰 것이라고 믿기 때문에 그대로 말할 수는 없어서 그대에게 거짓말을 하게 되고 그대는 내 거짓말을 알면서도 그것을 진실인 척 받아들이는 척 눈 감았다 떴다 숨바꼭질을 벌이다가 지쳐 솔직해지고 싶은 마음이 들지만 솔직하게 할 다른 이야기가 없을 것 같아서 그렇다고 그냥 자자고 하기도 멋쩍고 해서 또 거짓말을 하게 되고 이렇게 거짓말의 가지가 자라고 또 자라 사슴뿔처럼 모양을 다 갖춘 다음 그대와 내가 사랑을 이렇게 계속 거짓말

로 공모해가는 것은 그대와 나의 사랑이 분명 사슴뿔만
큼 커다란 이유가 있기 때문이라고 믿고 싶은데 그래도
우선 자고 싶다는 생각이 사랑을 방해해서 자는 것과 사
랑이 같은 것이라고 꿰맞춰보기도 하지만 잘 되지 않아
역시 사랑은 사랑인가보다 하고 체념했다가 막무가내로
같이 자고 피나도록 할퀴고 헤어졌다 다시 만나 무슨 말
을 건네려 해도 민망하여 그대를 만나 자거나 자지 않거
나 그건 별 차이가 없다고 다짐하며 그런저런 이야기를
길게 나누고 싶으나 그때마다 그대는 만나주지 않고 나
는 나대로 사정이 생겨 이런 사랑은 안하느니만 못하다
는 생각까지 하게 되고 결국 사랑이 이런 식으로 완성되
는 것인가 어처구니없게 여기며 그대에게 이제 그만 헤
어지자는 말을 하려고 만났다가 그 말을 하지 못해 그대
와 나의 사랑이 다시 이어져 내가 계속 그대와 만나려고
하는 건

유행가

비가 오시는 날
밤이 무더워
발가벗고 그대 얼굴을 생각한다

오는 비
내리는 비
그리고 밖에 머무는 비
그대는 나를 원망하겠지만
나는 죄가 없네

내 사랑은 임시방편이야
건축공사장 가설벽
빗물에 젖어 찢어지는 포스터처럼
그대는 결코 모를 거야

내가 나를 사랑할 줄 몰라
그대 사랑하는 것을
비가 오시는 날

그런 날

  그런날오래간만에만난심심한남자와여자는대낮부터
소주를마시기시작해서자정이지나도록한골목에서술집
을몇차례바꿔가며새벽까지마시다취해사람은원래외로
운거야막울기시작하며아니야난외롭지않아고집부리다
입맞추고여자가헝클어진머리카락사이로남자의작은얼
굴을밀어내다다시껴안으며오해하지말아요나도바보는
아니야싱갱이하다노래방앞에서헤어지고그런날추운아
침오래간만에만난초라한남자와여자는별로갈데도없어
해장국집에서다시소주를퍼마시기시작해서벌건해가하
얗게될때까지계속마시다가인생은후회때문에산다고말
하자이새끼야인생은미련때문에사는거야소리치며골목
길에서택시를피하려다진창에쓰러진남자는여자의손을
잡고일어나려다한숨을쉬고그런날오래간만에만난멍청
한남자와여자는갑자기서로눈속을들여다보며불쌍하다
고길바닥에그대로퍼질러앉아통곡하고느닷없이오늘새
벽발가벗고곁눈질하는죽음을보았어하고말하자걱정마
내가쫓아줄게당신을건드리진못할거야당신은벌써몇번

갔다가돌아왔으니까천만에이제부터당신은내애기로살
면돼영원히애기처럼

　그런날오래간만에만난무심한여자와남자는변두리맥
주집에서만나구름속에서가시나무들이서로얽히듯여러
개의팔로포옹하는꿈을꾸다가서로밀치고기대면서비틀
비틀걸어나가그런날한참만에만난정말넋나간남자와여
자는바람부는화장실옆계단아래쭈그리고앉아세상에아
무이유가없기때문에헤어질수없다헤어질수없다고세상
에찾아도찾아도없는희한한술집을찾아가기로마음먹고
그런날

그대만 허락한다면

귀신 앞에서도 태연하던 그대
어쩌다 눈물방울을 보인다
그대 헝클어진 머리카락에 나는
매달리듯 기댄다
이 피곤하고
치사하고 더럽게 간절한 욕망

오래 쳐다보다보면 사랑하게 된다
오래오래 쳐다보면
상심하여
사랑하지 않을 수 없다

이 우연의 그림자
그대의
서늘한 눈빛에 부딪혀
내 운명이 곤두박질친다 해도
괜찮다
그대만 허락한다면

쪽지

짧은 내 인생이 정말 얄팍하고 보잘것없음을 나는 안다 하지만 별수가 없으니 그냥 가던 대로 나아갈 뿐, 지금 내가 지나는 곳이 사막이라면 이제 사막의 끝을 보아야 하는데 보려 해도 보이지 않는다 끝이 보이지 않음을 사막에 탓할 수 없듯, 내 인생이 막바지에 이르렀다 해도 그 마감이 보이지 않는데 그것을 보자고 마음을 재촉할 수는 없는 일

천박함, 내 인생의 천박함
희망이 있는 것들은 제각기 배를 타고 떠난다 나는 희망이 없었기에 그저 떠나는 배들을 배웅할 따름

훈수 안 받고

인생을 두 번 살 수 있다면
정성스럽게 한번
그 다음은 엉망진창으로
천치바보팔자를 그래서
우주 전체에 증명할 수 있다면
오장육부 터져나가도 좋다

한번만으로도 족하다고 너는
큰소리치지만
나는 안 그렇다
열 놈의 욕심만큼 욕심이 크다
생각하는 것도 무지 많다

이를테면 노래하는 자의 무아경
혼신을 다하면
산들이 춤추고
노을이 뒤집히고

바다가 미치는 게 보인다

인생을 두 번 살 수 있다면
악마의 노름빚이라도 내어
정성스럽게 한번
다음은 엉망진창으로
좆나발 같은 훈수 안 받고

이야기처럼

혼이 빠져나간 남자
빨간 꽃일 뿐인 여자
이름 모를 산비탈을 같이 오르다
중턱에 멈춰
아래를 내려다보다

저승처럼 아득한 바다
우리 저 위로 날아요
귓속에 대고 꽃잎이 속삭이다
안타깝게 껍데기가 애원하다
정신 차려 제발

문득 깨달은 듯 함께
몸을 날리다
잠깐 어이없게 떠 있다가
그대로 떨어지다
정말 아무것도 없어

희망

절벽 사이 좁은 길이 빠져나가고
내리막은 더 가파르다 열린
틈으로 일렁이는 파도가 보인다

누가 빨리 죽고 싶어 몸부림치겠나
그냥 쓰러져 기다릴 뿐
요행 병신 꿈이라도 꿀 수 있다면

잎사귀들이 이웃 잎사귀들과 교섭하고
가지들은 헛된 약속으로 얽혀
나무 한그루가 벼랑 위에 탄생하다

그렇게 나무 전체가 거짓말이다
그 그늘에서 미친 아이는 편히 잔다
발 아래 파란 구멍이 뚫려 있고

낭패

나뭇가지들이 찢어져 피가 흐르고
연단에서 목사는 발악한다
미친놈
그래
네 이야기가 다 맞아
졌다 졌어

태양이 골목골목 구걸하고 다닌다
믿어지지 않아
세상이 그래
다 접어
잊어버려

개천에 헛소문처럼 해골들이 나뒹군다
눈감아
없어
아무것도

언제 하늘에 먹구름이 뭉쳤다가
흩어지고

웃는 구름

긴 시멘트 블록 담
바로 위
시퍼런 하늘이 올라앉아 있다
목욕탕 굴뚝이 그 하늘을 딱 절반으로 가른다
오른편엔
흰 구름이 입을 크게 벌리고
웃는 중

결론

원통형 벽돌굴뚝이 흰 연기를 내뿜으며 한참 서 있다

역설

큰 기둥이 허공에 똑바로 누워 있다

약속

사랑 받으려고 이리저리
헤매는 여자는
나이 먹지 않는다
애처로움
수다

말 막힘

이제
너하고 할 수 있다면
이야기를 나눌 수 있다면
꽃에 대해
꽃잎
꽃가지

또는 귀신

플랫폼

건너편 사람들은 전부 행복해 보인다
그쪽 전철이 먼저 도착했으니까
이쪽 인생들이 모두 처연하다
저마다 시꺼먼 지옥을 품고 기다린다

逆光

건너편에 있는 것들은 죄다 도깨비다
그쪽 바람이 더 어둡고 사나운가보다
검은 둔덕들이 모두 이쪽을 향하고 누웠을 때
갑자기 햇빛이 등을 돌린다

미친 童話

연약한 마음은
열 개의 문이 있지만
그것들을 다 열어젖혀도
나갈 데가 없다
보이는 것이 없다
짐짓
불안해진 도로 따위가
앞쪽으로 길게 뻗쳐 있지만
움직이지 못한다
실패한 섹스처럼
주저앉음
제자리
임금님이 망루에서 하염없이 울고 싶다
막내 공주가 완전히 돌았다
모든 이가 열네살에 꾸는 꿈이
모든 이의 평생 저주가 되어
온 세상을

지옥으로 만들고 있으니
모두 미쳤다
모두 미쳤기 때문에
같이 산다
신난다

교훈

길바닥에 껌처럼 붙은
가래침이
한 운명을 좌우한다
그 정도로
인생은 별것 없어
가을 되면 오싹해지고
겨우내 을씨년스레 지내다보면
황당하게 봄이 돌아오고
또 여름이 가고
그처럼
매번
허공에 열리는 교실에서
죽어라
뜻 모를 단어들을 배우고
또
배워야 사는 우리는
항상 헛것을 본다

익숙한 일

늘 당해오던 것

우리를

숫제

바보등신으로 만드는 주인님, 하느님

맙소사 또 배워야 한다니

세상은 살 만하다느니

인생이

별것 아닌 것이 절대 아니라니

심각하고 진지한 것

너절할 정도로

고귀한 것이라니

맑은 영혼

정신

얼이라니

정액

똥

고름 따위는 아니라니
길바닥에 우연하게 떨어진
가래침이
절대 아니라니

테러

저 뚫린 구멍은
밖으로 나가는 문이 아니다
어두운 벽 복판에 비친
환각일 뿐

발목이 걸려 넘어지는 큰 마당을 지나
아찔하게 높은 기둥 위
말 대가리를 보고
처음 공포를 느낀다

커다랗게 소리내며 말 이빨들이 웃는다
내가 원한 것은
쾌락의 하천이 아니라
자유

신비

거룩하신 예배당이 폭삭 무너져
핵폭탄 맞은 자리가 될 때
비명
저주 욕설 푸닥거리 한숨
다시 한번 신음 저주 푸념 울부짖음
취한 쥐새끼들의

원망
네온십자가에 흐르는 핏물
칠성판 같은 예수의 등에
식칼이 내리꽂힐 때
기절 소란 웅성거림
찬송가

인더나잇
아이러브 러브호텔
섹스가 달동네 소녀들을 유혹할 때

아파트동산이 통째로
우주선 안으로
승천할 때

아픔

피아노곡을 듣다가
갑자기
참을 수 없는 마음

너는 아직
깨어나지 않고
노란 작은 새가 유리창가에서 노는
봄날

큰 별자리

병약한 아내와 딸이
웃는 얼굴로
밤하늘 별자리에 높이
떠 있다

두 팔로
껴안아
내리고 싶지만 그냥
바라본다

먼지처럼

내 몸이 그저
아픔으로 이어진 뼈 조각들이라면
내 마음이 한낱
꿈에 고인 핏물 같다면
다 내버리고
사는 핑계나 설계 따윈
집어치우고

먼지처럼

언제
돌멩이 풀 모래
구름 따위와 수작할 수 있을까
바람이 능선과 비벼대는 곳에
그대로
누워

미련

하늘 사방에 구멍이 펑펑 나도
꿈쩍하지 않아
평생 만나려 해도 어쩔 수 없던 것
이제 만날 수 있다면

바다 위로 해가 둥실 떠오르고
새파란 아기동산들이 가지런히 서도
아쉬운 건 아쉬운 것
지우려 한들 지울 수 없는 것

도대체 무얼 잡으려 했지
도대체 무얼 찾으려 했지
알면 뭐 하나
이제 상관도 없는걸

그냥 간다

이 어처구니없는 땅에 다시 살며
시 몇편을 더 쓰려고 안절부절못하다가
그냥
떠나가는 것들을 본다

계절이 바뀌면 새들이 이동한다
산도 꼭 움직여야 한다면
그때는 움직인다
남아야 할 건 어김없이 남고

그런데 간다 이유 없이
가로수들이 떠나고 길이 떠나고
집들도 떠난다
무슨 운명이 쫓는 것도 아닌데

노을과 구름이 한꺼번에 몰려간다
막 간다

뒤돌아보기도 귀찮은지 그냥
가네

반쪽 세상

뇌경색으로
칠판 위 글씨가 지워지듯
오른쪽 뇌가 날아가버리고
나는
여전히 서 있다 낙뢰 맞아
반만 남은 조각상처럼

왼쪽엔 아무것도 없다
무얼 보더라도 망가진 뇌가 무시해버리니까
보지 않는 것과 같고
설령 뭐가 있다 쳐도 내겐 없는 셈

의사는 왼쪽을 조심하란다
아무것도 없는 것 같아도 무언가 있을 수 있으니까
왼쪽에 벽
왼쪽에 기둥
왼쪽에 탁자

어쩌다가 절벽도 있다
그리고 막막 허공도

茫然

큰 잎사귀들
한 바람에
일제히 흔들려
그늘 얼룩진 사이 멍하니 보니
그저

흐리지도
맑지도 않은 하늘

언어 연습

책 속에 벌레가 있다
하늘의 기억에 구멍이 났다
안개 속에 피멍이 점점 커져간다
이해할 수 없는 일

더욱 더 이해할 수 없는 약속
그 사이에서
새 말들이 생겨난다
아니에요

사람은 원한으로 사는 게 아니라
희망으로 사는 거예요
저건 돌이에요

그냥 돌
저건 집이에요 그냥 집
저건 구름이에요 그냥 구름
구름

■

해설

삶의 방법론으로서 절망

김정환

　문화예술운동, 특히 미술운동을 한 사람이 최민을 모르기는 힘들 것이다. 그의 미술평론은 80년대 민중미술운동을 맨 앞에서 이끌었지만 요란하기는커녕 너무도 단아해서 폭발적이고, 민중미술이 좀더 드높은 예술로 되는 어떤 품격을 제공한다. 번역으로 먹고살면서도 최민이라는 이름을 들어본 적이 없다면 프로이기 힘들다. 그의 곰브리치(E. H. J. Gombrich) 『서양미술사』 번역은, 치밀함과 게으름이 어언 합작, 출판사(열화당) 사장(이기웅)을 부처님으로 만들 만큼 오랜 시간을 끌었지만, 그보다 더 오래, 아니 출간된 후 거의 30년이 지나는 동안 번역의 걸작으로 명성을 누렸다(이 책은 절판되고 현재 백

승길·이종승 번역으로 예경에서 출간되고 있다). 그리고, 아주 어린 세대라도, 영화를 단순한 오락이 아니라 예술이라고 생각하는 사람이라면, 최민을 모르기가 또한 힘들다. 그는 한국예술종합학교 영상원장과 전주영화제 조직위원장을 지내면서, 영화가 예술로 되는 지점을 벗어난 적이 없다. 그러나 그가 시인이라는 사실을 아는 사람은 많지 않다. 아니, 그 자신도, 한참 동안 스스로 시인이라는 것을, 의식적으로든 무의식적으로든 까먹고 있었을 법 하다. 오랜 프랑스 유학 기간 중에도, 자유실천문인협의회(민족문학작가회의 전신) 회비를 인편에 보내주기는 했지만, 그건 시인이란 자각과는 무관한 배려였다.

그리고, 적어도 나한테는, 그를 직접 만나기 전은 물론, 그를 만나온 4반세기 동안 내내, 그가 시인이라는 점이 가장 중요했다. 대학생 때 읽은 그의 시집 『상실』은 실핏줄보다 섬세한 불안의 모더니티와 민중성 직전의 바닥 정서가 절묘하게 어우러진 세계를 펼쳐 보이고 있거니와, 80년대 소위 민중시들이 민중성 '때문에' 오히려 '불안의 모더니티'를 잃는 상황 속에서 최민 시집 『상실』은, 비어 있으므로 더욱(『상실』은 곧 불온 서적으로 분류되었고 도서목록에서 사라졌다. 『상실』을 상실당한 상처 때문에 최민이 오랫동안 시를 쓰지 않았을 거라는 추측

은 정당하다) 늘 선명하게 드러나는 전범 노릇을 해주었
던 것이다. 가령, '농촌'을 소재로 한 시이므로 더욱 그러
한 「추수」 같은 시를 보자.

농사꾼의 밤은 아직 숫처녀다
가을마다 알알이 땀밴 낟알들이 번들거리는
정미기에 정신없이 빨려들어가서 가마니로
신작로 저편으로 트럭에 실려 훌쩍 사라져도
그는 그의 밤을 전혀 헤쳐보지 않는다

꿈속에까지 그의 노동은 천하다
천하다고 생각되기에 폭양 아래서 아직 천하다
며칠 만에 한여름의 기원을 모두 거둬들이고
올 겨울의 시름까지 한꺼번에 수확한다

보리싹의 푸른 칼날들을 그는 잊어버린다
가뭄 아래 돼지대가리도 다 잊어버린다
무덤을 기억해낸다
썩어버린 조상 앞에 넙죽 엎드린다
일년 내내 배곯아온 아이들도 따라 엎드린다

누군가 그의 밤을 파헤쳐 뒤집어라
수백년 썩어온 무덤들을 쳐서 뭉개버리고
뼛속 깊이 잠자는 피의 쟁깃날들을 끄집어내라
농사꾼의 밤은 아직 숫처녀다
누군가 그의 밤을 들쳐업고 달아나라

—「추수」 전문

그러므로, 그런 그가, 비록 30년 만이지만, "내 방에 들어서면 두렵다"(「방에 들어서면 두렵다」)고 할 때, 연이어 "사는 동네가 사는 동네 같지 않다/사는 나라가 사는 나라 같지 않다/사는 시대가 사는 시대 같지 않다"(「현기증」)고 할 때, 우린 아연 두 겹으로 긴장하지 않을 수 없고, 긴장은 다시 "내 몸이 그저/아픔으로 이어진 뼈 조각들이라면"(「먼지처럼」)에서 더욱 위태해지고, 그 다음, 벌써, 전혀 낯선, '낯섦의 명품'과 마주치게 되는데, 이때 우리는 정말 천둥벌거숭이와 다를 바가 없다.

거대한 우주선 군단이
하늘을 낮게 지나가듯
구름떼가 일제히 이동하다
대책 없는 사물들 죄다

비명 지르고 빛을 잃다

네 말처럼
이 세상은 죄가 없다
천둥벌거숭이 하나
두 팔 벌리고
사방 뛰어다닌다

　　　　　　　　　　　　—「어떤 날」 전문

　첫 3행은 「인디펜던스 데이」 같은 외계인 재앙영화류
의 도입부를 연상시키지만, 이어지는 2행은 그것을 전혀
차원이 다른 '존재의 절망'으로 뒤바꾸고, 이 느닷없음의
드라마가 "네 말처럼/이 세상은 죄가 없다"를 다시 느닷
없이 입으면서 우리는 현대화한, 보들레르를 거친 리어
왕의 절규를 대책 없이 가슴에 떠안게 된다. 여기까지 단
7행. 이렇게 빠른 비극적 승화가 어떻게 가능했을까?
"네 말처럼"이 언뜻 암시하는 서정적 대상의 애매모호
함, 그리고 "이 세상은 죄가 없다"의 도덕적 애매모호함
때문이다. 이 애매모호함은 나머지 3행에서 우리를, 미
처 울기도 전에, '울음의 감옥' 속에 가두고 만다. 그리고
울지 못한 채 울음의 감옥에 갇힌 우리는 '울음＝감옥'을

슬퍼할 뿐 울 수가 없다. 최민의 절망은 희망의 방법론이
아니라 삶의 방법론이다. 아니, 죽음만 살아 있다.

고개 돌릴 수 없다
백미러 속에
뇌가 없는 얼굴처럼
죽음이 뒷좌석에 앉아
두 눈을 뜨고

—「變容」 전문

절망이 깊을수록 희망이 커진다는 위안도, 보이지 않
을수록 선명하다는 강변도 없다. 절망은 일방적이며, 스
스로 심화할 뿐이다. 그는 혹시 그가 공유했던 모든 희망
들이 너무 얄팍했다는 것을, 알아버렸다는 뜻일까? 그러
나, 이 질문 또한, 벌써, 너무 얄팍하게 들리고, 그는 대답
이 없거나, 대답은 늘 눌변이다. "그러나 내가 좋아하는
건 모두/흐리멍덩한 것들뿐/탁한 물 속의 빛/신기루 또
는 한낮의 안개"(「어느날 꿈에」)

이런 '삶=절망'의 방법론이 '씨니컬' 혹은 자학을 동반
하지 않기는 힘들다. 그리고 '씨니컬' 혹은 자학이 그 자
체로 좋은 시에 달하기 또한 힘들다. 씨니컬과 자학은 얼

핏 상처와 가까워 보이지만 사실은 남을 향해 그리고 자신을 향해 공격적이며, 정말 단단한 절망과는 정반대인 경우가 많다. 이 시집에도 시에 밑도는 씨니컬과 자학이 없지 않다. 가령, 「별안간」 「간판」 같은 시가 온전히 그렇다. 그러나 「이민」의 맨 마지막 연, "시체와 시체의 틈바구니에 끼여/여권을 들고/바보는 웃고/국경과 국경의 틈바구니에 서서"는 씨니컬이 얹힌 절망의 무게가 비극과 희극의 경계마저 허문다. 블랙코미디? 아니다. 너무도 딴딴한 코미디의 절망이다. 그리고, 연이은 「우울」의 첫 두 행, "검은 회사와 검은 사회 사이/불온한 저녁과 불안한 저녁 사이"는 말장난이 아니라 절망의 작란(作亂)이며, 마지막 두 행 "시꺼먼 자궁 속 빨간 인형들/춤추는 아이들"은 말 그대로 절망의 무용(舞踊)이다.

이쯤에서 그는 매우 안정된, 그리고 모처럼 편안하고 느긋한, 그러나 여전히 실핏줄이 번져가는 모습을 닮은 시 두 편, 「붉은 약속」과 「빤한 법칙」을 거울처럼 마주 보게 배치하고 있는데, 숨을 고르려는 것보다는, 이 시집 전체에 어떤 고전적 질서를 부여하려는 것처럼 보인다. 「붉은 약속」은 "파란색의 넓이가/동그라미로 차츰 퍼져가는 것처럼/붉은색의 정의는 우선 사각형이다/깊이 파고들수록 작아지는/사각형들/예를 들면"이, 「빤한 법칙」은 "측은함이 점점/큰 파문으로 퍼져가는 것과 반대로/사랑의 핵심은 우선 인색함이다/파면 팔수록 좁아지는/어두운 우물/예를 들어"가 첫 연이며, 이어지는 행들도 서로 호흡이 아주 비슷하고 마지막 3행은 각각 "빈말이라 하더라도/붉은색은 원래/사각형이기 때문에"와 "허망한 일이지만/사랑은 원래/폭동이기 때문에"다. 최민의 이력답게 미술적 직관에 사랑의 '약속과 법칙'을 새긴 이 시에서 절망은 더없이 정교하다. 그런데 왜 이런 고전적 질서가 필요했을까? 절망은 형식적 완성미를 통해서만 희망의 빛을 뿜는다. 그것이야말로 민주주의가 대중화를 대중화가 천박화를 동반하지 않을 수 없는 현실 세상을 바라보는 예술(세상)의 절망이고 예술적 절망이며 예술의 절망적 방법론이다. 이것은 허망한가? 아니다. 이 고전적 질서를 바탕으로 「시인」의 1연과 3연은 씨니컬이 더욱 자유분방해졌고 그 사이 2연은 더욱 도드라지는 죽음의 명패인 채로 절망이 희망과 제일 가깝다. 동전의 양면이기 때문이다.

　다 끝난 들판에
　판결문처럼 내려앉은
　까마귀가

천상병이다.

—「시인」부분

하여,「수다」는「붉은 약속」과「빤한 법칙」이 살을 섞는
사랑의 절망 연습이지만, 희망 연습보다 깊고 간절하다.
「이야기처럼」은 '혼이 빠져나간 남자'와 '빨간 꽃일 뿐인
여자'의 자살 이야기지만, 삶 이야기보다 깊고 간절하다.
「플랫폼」과「역광」은 흑백의 대칭이자 대비지만, 총천연
색보다 깊고 간절하다. 그리고 바야흐로,「희망」은 '병신
꿈'이지만, '헛된 약속'이자 '거짓말'일수록, 어지러울수
록 찬란하다.

　잎사귀들이 이웃 잎사귀들과 교섭하고
　가지들은 헛된 약속으로 얽혀
　나무 한그루가 벼랑 위에 탄생하다

　그렇게 나무 전체가 거짓말이다
　그 그늘에서 미친 아이는 편히 잔다
　발 아래 파란 구멍이 뚫려 있고

—「희망」부분

무엇이 더 남았는가? 죽음이 없다면 삶이 간절할 리 또한 없다는 것은 상식이지만, 그 죽음과 삶의 광경을 우리가 직접 본 적은 아주 드물다. 그런데, 그러니, 보라. 말짱한 삶보다 훨씬 따스한 '죽음＝삶'의 광경을.

    병약한 아내와 딸이
    웃는 얼굴로
    밤하늘 별자리에 높이
    떠 있다

    두 팔로
    껴안아
    내리고 싶지만 그냥
    바라본다

                              ―「큰 별자리」 전문

    마지막은 그가 최근에 겪은 뇌경색 경험을 다룬 시들인데, 시인은 마치 뇌경색을 치료하는 죽음의 의사 같다. 하긴, 죽어서는 물론, 살아 있는 동안도 삶을 치료하는 것은 죽음인지 모른다. 그리고 죽음의 의사가 가르쳐주는 '말들'은, 말의 맨 처음처럼, 성스럽고 성스럽다. "빛이 생겨라! 하니 빛이 생겼다"는 목적성보다 더욱. "뇌경색으로/칠판 위 글씨가 지워지듯/오른쪽 뇌가 날아가버리고/(…)/의사는 왼쪽을 조심하란다/아무것도 없는 것 같아도 무언가 있을 수 있으니까/왼쪽에 벽/왼쪽에 기둥/왼쪽에 탁자"(「반쪽 세상」). "그냥 돌/저건 집이에요 그냥 집/저건 구름이에요 그냥 구름/구름"(「언어 연습」). 최민은 단순히 30년 만에 재출발하고 있는 것이 아니다. 그의 시는 '침묵 30년'의 깊이로 시작한다. 이 시집에서, 말 그대로, 침묵은 금이고 죽음은 황금빛이다.

金正煥 | 시인, 한국문학학교 교장

창비시선 244

어느날 꿈에

초판 발행/2005년 4월 15일

지은이/최민
펴낸이/고세현
편집/김정혜 문경미 안병률 강영규 김현숙
미술·조판/윤종윤 신혜원
펴낸곳/(주)창비
등록/1986년 8월 5일 제85호
주소/413-832 경기도 파주시 교하읍 문발리 513-11
전화/031-955-3333
팩시밀리/영업 031-955-3399 · 편집 031-955-3400
홈페이지/www.changbi.com
전자우편/literat@changbi.com

ⓒ 최민 2005
ISBN 89-364-2244-8 03810